¿QUÉ HACEN LOS MAESTROS (después de que TE VAS de la escuela)?

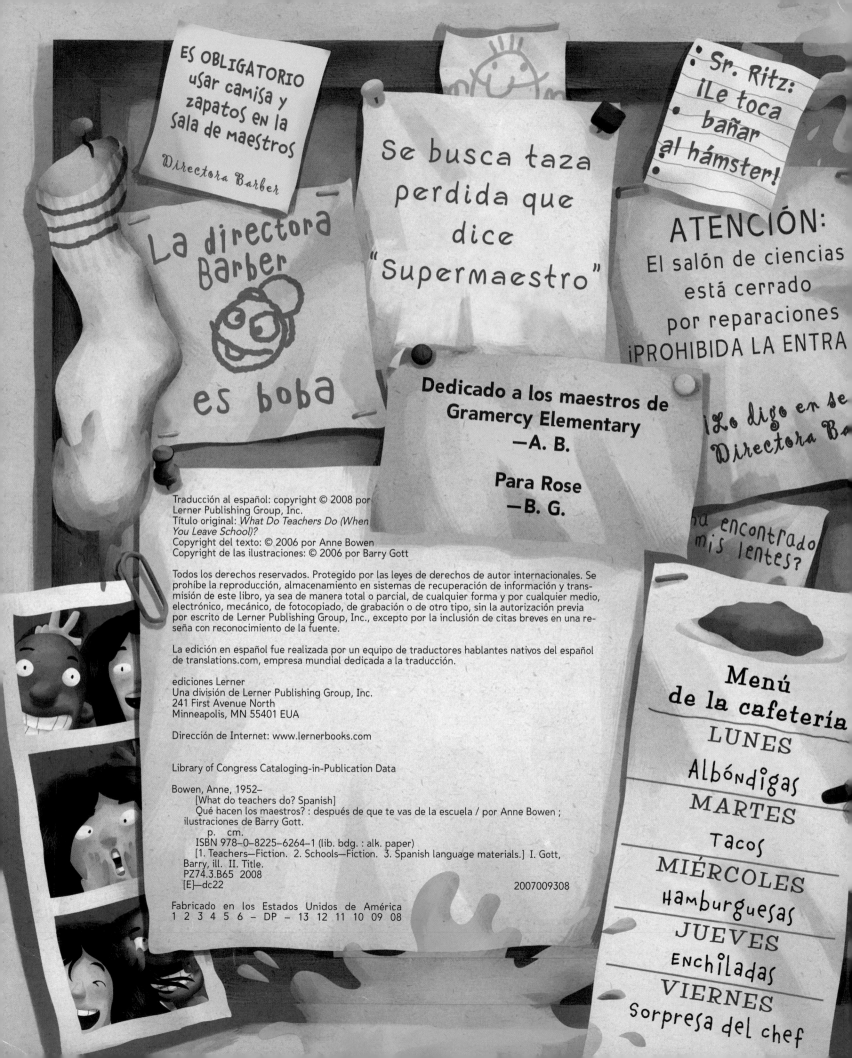

Traducción al español: copyright © 2008 por
Lerner Publishing Group, Inc.
Título original: *What Do Teachers Do (When
You Leave School)?*
Copyright del texto: © 2006 por Anne Bowen
Copyright de las ilustraciones: © 2006 por Barry Gott

La edición en español fue realizada por un equipo de traductores hablantes nativos del español de translations.com, empresa mundial dedicada a la traducción.

ediciones Lerner
Una división de Lerner Publishing Group, Inc.
241 First Avenue North
Minneapolis, MN 55401 EUA

Dirección de Internet: www.lernerbooks.com

Library of Congress Cataloging-in-Publication Data

Bowen, Anne, 1952–
    [What do teachers do? Spanish]
    Qué hacen los maestros? : después de que te vas de la escuela / por Anne Bowen ;
ilustraciones de Barry Gott.
       p.   cm.
    ISBN 978–0–8225–6264–1 (lib. bdg. : alk. paper)
    [1. Teachers—Fiction. 2. Schools—Fiction. 3. Spanish language materials.] I. Gott,
Barry, ill. II. Title.
PZ74.3.B65 2008
[E]—dc22
                                                                    2007009308

Fabricado en los Estados Unidos de América
1 2 3 4 5 6 – DP – 13 12 11 10 09 08

Mensaje de la oficina de la directora Barber

Maestros: ¡limpien lo que ensucian!

¿QUÉ HACEN LOS MAESTROS

(después de que TE VAS de la escuela)?

Factura por reparaciones:
- Silla rota
- Calcetín atascado en el bebedero
- Marcas de patineta en el techo

$350.00

por **ANNE BOWEN**

ilustraciones por **BARRY GOTT**

MAESTROS: ¡NO ENTREN A NUESTRA COCINA!

LAS DAMAS DE LA CAFETERÍA

Vendo taza que dice "Supermaestro"

$20.00

EDICIONES LERNER   MINNEAPOLIS

Cuando en pasillos y salones
todos corren sin parar
¿*Qué* hacen los maestros
cuando no queda nadie más?

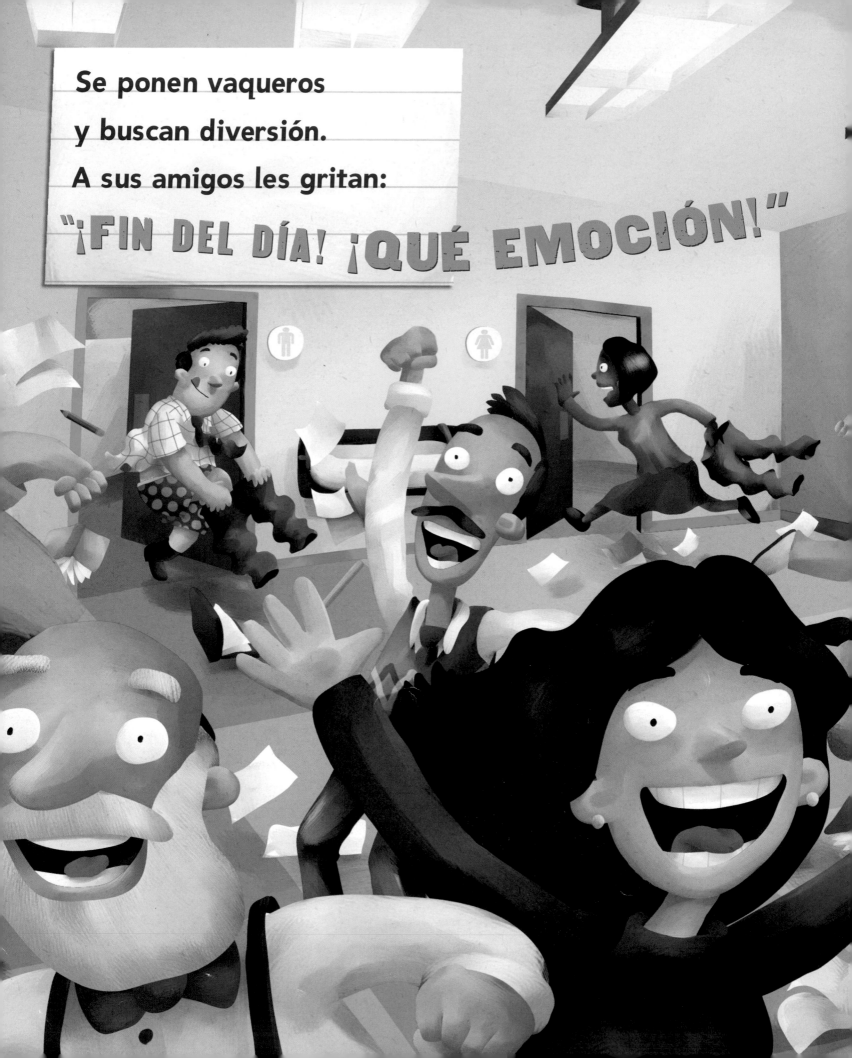

Se ponen vaqueros
y buscan diversión.
A sus amigos les gritan:
"¡FIN DEL DÍA! ¡QUÉ EMOCIÓN!"

Salen a gran velocidad y gritan: "¡Primero al tobogán! ¡Vamos todos los que se quieran lanzar!".

Juegan al básquetbol
allá en el gimnasio.
Chocan esos cinco
cuando dan en el aro.

Cuando la panza les pide comida,
hay que parar para masticar.
¿Qué refrigerios
los maestros comerán?

¡uso excusivo de la cafetería!

Comen pizza fría
que sobró del mediodía
y luego la bajan
con ponche de zandía.

Cuando el hambre sacian
y todo se termina,
¿qué hacen los maestros
mientras reposan la comida?

Se pintan las uñas del pie
con rojos furiosos.
Otros leen a los hámsters
cuentos famosos.

—Cuidado, que en este piso,
"ya sabes quién"
nos puede encontrar
haciendo este guiso.

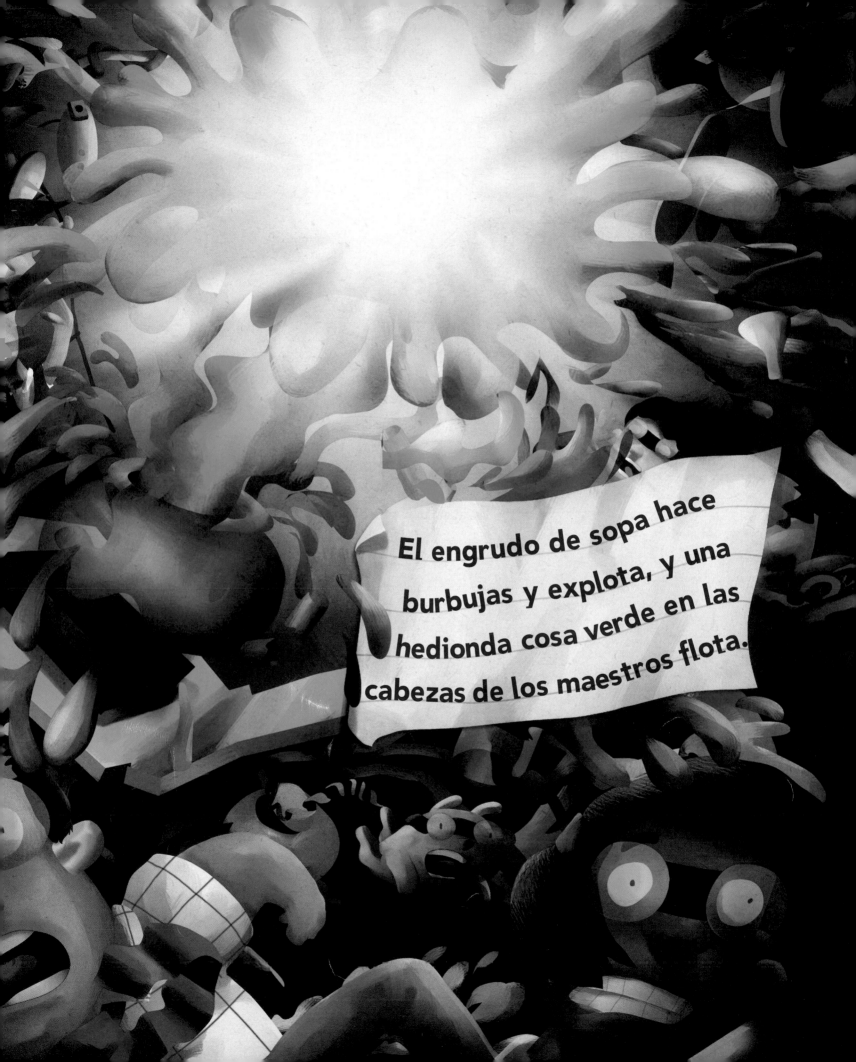

El engrudo de sopa hace burbujas y explota, y una hedionda cosa verde en las cabezas de los maestros flota.

Y desde el corredor llega
un sonido MUUUY feo.
Los maestros se aquietan.
Saben que los descubrieron.

—¿Qué es esto, maestros?
¿Qué es este fluido?
No tienen permiso...

¡pero se ve DIVERTIDO!

—¡Pase, pase! —la invitan—.
Haga su propio desastre.
Busque unos lentes
y prepare un brebaje.

Y toda la noche,
hasta pasadas las seis,
mezclas hicieron
hasta más no poder.

Con mucha energía todo van a ordenar:

fregar, restregar,

lavar y enjuagar,

limpiar, lustrar,

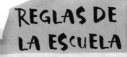

REGLAS DE
LA ESCUELA

1. Camina, ¡no corras!

¡NO ensucies!

...encio!

escoba pasar,

rociar y secar...

hasta terminar.

Cuando en la escuela la campana suena y se abren las puertas, ¿qué hacen los maestros cuando TÚ entras?

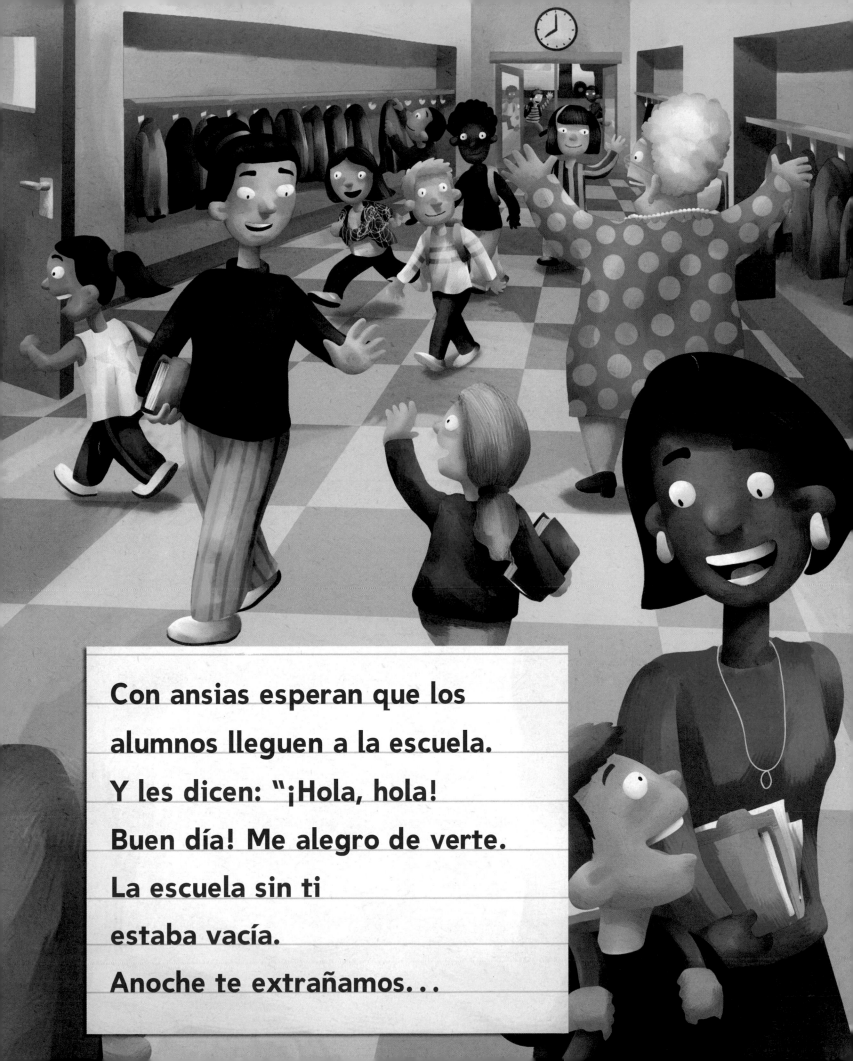

Con ansias esperan que los
alumnos lleguen a la escuela.
Y les dicen: "¡Hola, hola!
Buen día! Me alegro de verte.
La escuela sin ti
estaba vacía.
Anoche te extrañamos...

¡y **NADA** para hacer encontramos!".